Iris Bauer

Museen der Angst

story.one – Life is a story

1st edition 2023
© Iris Bauer

Production, design and conception:
story.one publishing - www.story.one
A brand of Storylution GmbH

All rights reserved, in particular that of public performance, transmission by radio and television and translation, including individual parts. No part of this work may be reproduced in any form (by photography, microfilm or other processes) or processed, duplicated or distributed using electronic systems without the written permission of the copyright holder. Despite careful editing, all information in this work is provided without guarantee. Any liability on the part of the authors or editors and the publisher is excluded.

Font set from Minion Pro, Lato and Merriweather.

© Cover photo: Xenia Bauer, meine tolle Schwester

© Photos: Xenia Bauer, meine tolle Schwester

ISBN: 978-3-7108-4201-6

Gewidmet an meine wunder-volle Familie

Ohne sie hätte ich mich niemals getraut diese Geschichte wirklich zu schreiben, geschweige denn beim diesjährigen
Young - Storyteller - Award 2023 einzureichen.

Und einen rießen Dank an meinen Zwillingsbruder Moritz und meiner Schwester Xenia, die meine Geschichte regelmäßig gelesen und mir ihre ehrliche Meinung gegeben haben. Jegliche Illustration und Gestaltung kommt von Xenia, die alles eigenhändig designt und gezeichnet hat.

INHALT

1.	9
2.	13
3.	17
4.	21
5.	25
6.	29
7.	33
8.	37
9.	41
10.	45
11.	49
12.	53
13.	57
14.	61
15.	65
16.	69
17.	73

1.

Belden war bekannt für sein überaus schlechtes Wetter. Die meisten aber, wenn sie an die Kleinstadt dachten, trieben den Dauerregen und Nebel der See aus ihren Gedanken und riefen sich das Bild des Auswanderungszuges in ihr Gedächtnis. Er fuhr immer durch das ganze Land, jedoch nur die gut Gekleideten und Reichen stiegen immer erst in Belden oder in der Nachbarstadt Nordpass ein. Bevor er über die Gleise direkt über dem Meeresspiegel den riesigen Golf überquerte.

Ich war mir sicher als ich vor einigen Jahren hier hergezogen war, dass wenn die Bewohner hier keinen Kalender an ihren Küchenwänden hätten, würden sie den Jahreszeitenwechsel sicher nicht einmal mitbekommen. Die meisten waren hier geboren. Wie ihre Eltern und deren Eltern. Sie blieben gerne unter sich, was Neuankömmlinge wie mich ein friedliches Leben versprach. Für mich waren es die perfekten Voraussetzungen gewesen. Ich könnte mich hier längers aufhalten als die üblichen vier bis fünf

Jahre und niemand würde meine gleichbleibende Jugend bemerken. Nur leider war das friedliche Hiersein auch oft langweilig – es juckte mich jedes Mal in den Fingern, wenn ich den Zug sah einfach mit einzusteigen und weit weg von diesem tristen Ort zu fahren. Und an jenem Dienstagmorgen, an dem unsere Geschichte begann, tat ich es auch.

Nervös fingerte ich an meinem Koffer herum. Mein Verstand sagte mir, ich solle wieder zurück in die Bibliothek. Mein Leben hier fortführen ... Aber da war der Zeitungsbericht in meiner anderen Hand. Der Brief zwischen rein geklemmt; zu groß war die Angst, jemand könnte ihn sehen. Er war von meinem alten und besten Freund Johnny Taylor aus den dreißigern. Und er bat mich zu ihm zu kommen. Der Schock in mir lag nicht das ich für diese Bitte einmal um die Welt reisen müsste, nein. Ich wagte nicht zu atmen da er mich gefunden hatte. Ich wurde nicht älter, hatte mit etwa zwanzig Jahren vor einem halben Jahrtausend damit aufgehört. Und dennoch hatte mich Johnny gefunden und meinte, dass er mein Geheimnis kenne.

Wie jeden Morgen war ich etwas früher aus dem Haus gegangen. Hatte die Tür der Bibliothek aufgeschlossen, in der ich arbeitete, und hatte die bereits wartende Meute an alten Damen hereingelassen. Sie saßen meist den gesamten Tag in der Leseecke. Quatschten, strickten und tranken Filterkaffee. Die Zeitung war für sie die beliebteste Tratsch-quelle. Und heute war der frische Skandal der Reederei das Thema des Tages. „Sie haben den verschollenen Zug einfach vertuschen wollen!" Eine ganze Weile waren ihre empörten Worte zu mir vorn an die Tresen gedrungen. Doch recht schnell wurde dieses Thema langweilig und wie ich es schon von ihnen kannte, wechselten Sie recht schnell zur nächsten Schlagzeile oder Skandal. Ich hatte aufgeschaut als ich nach einer langen Weile die plötzliche und unübliche Stille bemerkt hatte. „Tatsache" Meinte Lottie - die älteste, sprach zuerst, als sie meine Aufmerksamkeit auf sich wusste.

„Meine Liebe, ich denke, Elias Davis hat dich über Nacht zu einem Star gemacht."

Realität ist eine Illusion, wenn auch eine sehr hartnäckige

- Albert Einstein

2.

Die Zeit verging ohne das ich sie bewusst wahr nahm. Schreckte bei dem aufkommenden Lärm auf und sah, wie der Zug langsam in den Hafen einfuhr. Wasser spritzte zu beiden Seiten der Schienen. Hinterließ einen Rauchschleier hinter sich wie eine Tänzerin ihr seidenes Tuch. Ich richtete mich auf und kleisterte mir eine selbstbewusste Mimik in mein Gesicht. Niemand sollte sehen wie verunsichert ich war! Zum einen das hier niemand stand außer mir. Die Damen in der Bibliothek hatten das schon vermutet. „Niemand würde in einen Zug einsteigen dessen Vorgänger verschwunden ist. Außer die, die es nötig haben!" Hatten sie gesagt und es stimmte. Die Reichen konnten ihre bereits bezahlten Fahrkarten einfach auf dem Küchentisch liegend verfallen lassen. Aber die Armen mussten lange für eine Auswanderung sparen. Mich verunsicherte es zutiefst das Johnny mich gefunden hatte. War es wirklich eine gute Idee jetzt in diesen Zug einzusteigen? Schon einmal war jemand hinter meiner Langlebigkeit gekommen. Und damals war ich ge-

rannt als wäre der Teufel hinter mir her. Aber es war mein Johnny, der mir den Brief geschrieben hatte … Meine Gedanken wechselten wieder zur Bibliothek. *„Mädchen, Louis Lemercier hatte am Samstag auf der Geburtstagsfeier der Queen sein neustes Kunstwerk bekannt gegeben."*
Ich hatte ihren Gesprächen nur mit halbem Ohr zugehört. Als die ungewohnte Stille dann eingekehrt war, hatte ich aufgesehen und war überrascht aufgeschreckt als ich die ganze Meute um mich herum standen sah. Lottie streckte direkt neben mein Gesicht eine gefaltete Zeitung hin. Ich wurde verwirrter als sie erkennende Laute von sich gab. „Was? Was ist denn?" Wollte ich dann doch wissen. „Meine Liebe. Wir sind uns sicher, dass du es bist. Ja … mh ja, eindeutig." „Nur ihre schrecklichen Augenringe hat sie weg gelassen" Schaltete sich eine von ihnen ein deren Namen ich nicht kannte. Ich riss die Zeitung an mich. Selbst in Schwarz weiß war es unverkennbar ich selbst die im Moment des Bildes auf der Parkbank vor dem Rathaus gelesen hatte. „Und es kommt noch besser!" Quietschten die alten Damen wie kleine Mädchen. „Noch am selben Tag kaufte ein reicher Edelmann das Bild. Ich verschluckte mich fassungslos bei dem Klang des Titels. Hustete laut und röchelte nach Atem. Und nur dank Lotties überaus lautem Stimmorgan

konnte ich ihre letzten Worte noch gut hören bevor ich, die Fassung verlierend, aus dem stickigem Raum heraus eilte. „Hier steht sogar der Name des Käufers. Er hieß Johnny Taylor. Für einen Moment stand die `Vineta´ ruhig im Hafen. Die Tür zum neunten Abteil schwang auf. Zwei Matrosen in Uniform hievten die Laufplanke zwischen Türschwelle und dem Bordstein des Hafens. „Entschuldigen Sie. Ihre letzten Wagons werden aufgrund der frühsten Ereignisse sicher leer bleiben. Ich würde aber gern eine mieten." Ich versuchte es mit einem Lächeln. Meine Gegenüber grummelten nur. „Joa, de Zuch is so leedig as wie erwartet, ne." Ich verzog meine Brauen. „Wie bitte." „Ah. keen Plattdüütsch? kümm, steiget se in." Ich riss meine Augen auf. So einfach ließ er mich hinein? Vorsichtig trottete ich über die Laufplanke. Einer von ihnen aber hielt mich noch auf bevor ich hereinkam. „Man sagg se mal, junge Frau. Ik heff sien Geföhl ik kenn se, ne? Sinn se berühmt?"

Nichts bewahrt uns so gründlich vor Illusionen wie ein Blick in den Spiegel.

- Aldous Huxley

3.

Gespenstische leere fand ich in dem schmalen Mittelgang wieder. Ein roter Teppich lag auf den Paneelen und feine Lampen tauchte alles in ein mystisches Licht. Während ich weiter lief, wuchs in mir das Gefühl nicht hier herzugehören. Warum wurde ich einfach so hereingelassen? Ich hatte keine Zimmerschlüssel und keine Kabine. Am Rand des nächsten Flures erhaschte ich zwei kichernde Damen in Uniform. „Entschuldigen Sie!" Schrie ich und hastete auf sie zu. „Ich bin hier in Belden eingestiegen. Wo kann ich meinen Namen in die Passagierliste eintragen und eine Kabine buchen?" „Wie lautet den ihr Name? Ich kann gleich nach vorne und ihnen eine Kabine reservieren lassen." Ich lächelte und stellte meinen Koffer vor meine Füße. Er wurde verdammt schwer mit der Zeit. „Matilda Mason. Ich hatte erst vorhin …" Mir gingen meine Worte verloren als ich mich wieder aufrichtete. Beide starrten mich fassungslos an. Besorgt trat ich auf die beiden zu. „Geht es ihnen nicht gut?" Beide schüttelten ihre Köpfe und grinsten mich an, wobei ich mir unsicher

war ob der Schleier in ihren Augen Wirklichkeit oder eine Reflektion des Lichtes war …
„Matilda Maison, willkommen auf der Vineta. Ihre Zimmernummer ist die vierhundert und einundzwanzig." Sie holte einen Schlüssel aus ihrer weißen Uniformjacke. Sie drückte sie mir in die Hand. Verabschiedeten sich mit einem höflichen nicken und verschwanden. In mir kochten tausende Fragen auf, doch als ich mich zu ihnen umdrehte, waren sie nicht mehr da. Im nächsten Moment stolperte ich. Der Wagon ruckelte und der Zug fuhr los. Es lag etwas in der Luft, dass sich seltsam bizarr anfühlte. Mir schien etwas Schweres auf der Brust zu liegen, was ich trotzdem vielen räuspern und husten nicht abzuschütteln bekam. Die besagte Kabine fand ich im elften Wagon. Auf meine Unterlippe beißend steckte ich den Schlüssel vorsichtig in das goldene Schloss. Zu meiner eigenen Überraschung klickte es. Mit einem letzten Blick schaute ich auf die Tür, auf die goldenen Ziffern. Vier, zwei, eins. Vierhundert einundzwanzig. Mit weichen Knien drückte ich den Knauf und stemmte die Tür auf. Ich wusste nicht, was ich erwartet hatte. Und ob dieses etwas in der Luft der Vineta mich paranoid machte. Aber vor mir stand ein völlig normales Bett, ein Kleiderschrank und ein Schreibtisch

mit Tintenfass und Feder. Ein einzelnes Fenster spendete dem Raum Licht. Eigenartig melancholisch trat ich auf es zu. Fuhr mit den Fingern über das kühle Glas ... ich nahm aus dem Augenwinkel einen Schatten wahr. Holz knackte. Erschrocken fuhr ich herum. Aus reinem Zufall fiel mein Blick wieder auf den Schreibtisch. Mein Mund klappte auf. Ein Stück vergilbtes Papier lag nun neben dem Tintenfass. Ganz langsam lief ich darauf zu. Kurz wollte ich mir einreden, dass ich vorhin meine Aufmerksamkeit mehr dem Fenster als dem Schreibtisch geschenkt hatte. Vielleicht war es schon die ganze Zeit ... nein! Es war nicht hier gewesen. Auf dem Papier war in geschwungener Handschrift ein einzelner Satz geschrieben. „Du bist der Dorn im Auge der Geschichte. J.T." Daneben war eine einzelne Rose gezeichnet. Mir blieb die Luft zum Atmen weg. J.T. Johnny hatte immer mit seinen Initialen unterschrieben. Und hatte Rosen am meisten geliebt. Ich drehte mich so schnell um meine eigene Achse das mir kurz schwarz vor Augen wurde. War Johnny hier?!

4.

„Der Speisewagon ist hier direkt durch die Tür." Die Dame in Uniform hatte ich zufällig auf dem Flur getroffen. Ihre zuckersüße Stimme ließ, jedes Mal wenn sie sprach, einen Schauer des Unwohlseins über mich gleiten. „Danke." Mit noch einem Grinsen und blitzenden Augen machte sie kehrt und verschwand endlich. Erst jetzt hatte ich wieder das Gefühl frei atmen zu können. Nervös fuhr ich mir über meinen geflochtenen Zopf und öffnete die Holztür zu Wagon zehn. Stimmen mit dem Geruch von sicher tausend verschiedenen Speisen schwang mir entgegen. Dunkle Vertäfelungen ließen den Raum düster und drückend wirken – im Kontrast aber spendeten funkelnde Kronleuchter Licht mit lebensfroher Wärme. An runden Tischen saßen die Passagiere. Sie alle hielten eine Zeitung in der Hand. Und als ich hineintrat, schienen alle im selben Moment in meine Richtung aufzublicken. Ich biss mir auf die Unterlippe. Manche Tische waren völlig leer, dennoch steuerte ich auf eine allein sitzenden Frau zu. „Ach, danke Herr Gott! Noch eine allein reisende Frau!" Stieß sie erleichtert auf. „Ich bin Isabel Franklin. Sie müssen Miss Matilda Mason sein, richtig" Wieder strich ich mir über meinen Zopf. „Woher wissen sie …?" Isabel betupfte sich mit ihrer Serviette. „Gerüchte verbreiten sich schnell, Miss Mason. Und noch schneller, wenn es sich um allein reisende Frauen handelt." Hungrig angle ich mir ein exotisch geformtes Brot aus einem der vielen Etageres. Als ich gerade anfangen will mit essen, fällt mir die Zeitung neben Isabels Kaffeetasse in mein Blickfeld. Meine Augen werden groß als ich mich in dem Schwarz weis Bild wiedererkenne. Vorsichtig linste ich zu meiner Nebensitzerin, die mich wie erwartet scharf beobachtete. „Sie, ich …" Sie unterbrach mein Versuch etwas zu sagen. „"Die Unsterbliche unter uns" ist nicht gerade sehr originell." Ihre Mimik war steif, ich hörte aber eine Spur von Belustigung, die mich eigenartigerweise beruhigte. „Wenn ich sie wäre, würde ich den Künstler eigenhändig … vergessen sie es." Sie griff nach ihrer Tasse und schlürfte daran. Mein Blick wurde auf die Passagiere um uns herum gerissen. Jeder nippte zur selben Zeit wie einstudiert an seinem Kaffee und wie ein Hagelschauer setzte jeder synchron seine Tasse scheppernd auf seine Untertasse zurück. „Machen sie das eigentlich mit Absicht?!"

Ich bereute es sofort laut ausgesprochen zu haben. Angst und Unsicherheit schwang deutlich in meiner Stimme mit. Für ein Moment musterte Isabel mich nur." Was ist Absicht schon? Absicht geschieht nur durch einen Zweck, den du verfolgst. Und das ist wiederum nur deine verzerrte Realität." Ich betrachtete sie genauer. Schaute ihr zu wie sie Zuckerwürfel in ihren Kaffee ertränkte.

Sie hielten mich für einen Surrealisten, aber das war ich nicht. Ich habe nie Träume gemalt. Ich habe meine eigene Realität gemalt.

- Frieda Kahlo

5.

Ihr schien etwas in den Kopf zu schießen und sie drehte sich ruckartig zu mir um. „Sag mir, Miss ‚Unsterbliche unter uns'. Existiert die Realität nur in den Köpfen der Menschen?" Mit ihrem Teelöffel zeigte sie durch den Raum. „Schauen sie sich um. Der Mann, alt und verloren wie er dort sitzt und mit niemandem spricht, wobei seine beiden Töchter direkt neben ihm sitzen. Dieses exotische Paar mit Blicken die sicher ein Tier häuten könnten." Isabel schien das richtig Spaß zu machen. „Und dann haben wir noch das blasse Geschwisterpaar mit dem überaus nervös wirkenden Arzt. Was haben sie alle für eine Realität und weshalb sitzen sie ausgerechnet hier mit uns? Fliehen sie von etwas? Ich meine, weshalb hat man sonst das Gefühl woanders sein zu wollen?" Nach einem Moment, in dem sie gedankenverloren die Leute anstarrte, fixierte sie sich wieder auf mich. „Und ich bin mir sicher, das trifft auch auf sie zu." Unsere Blicke treffen sich, wir beide bleiben standhaft – aber dennoch fühlte ich mich bei ihrer Aussage ertappt und wand mich wieder meinem Essen.

Einige blieben noch nach dem Frühstück im Speisewagon, tranken noch mehr Kaffee und unterhielten sich. Manche verließen ihn noch mit ihrem letzten Bissen im Mund was ich ihnen gern nach getan hätte. Spätestens jetzt hatte jeder die Zeitung gelesen. Und spätestens nachdem ich aufstand und den Raum zur Tür durchquerte, bemerkten viele die Ähnlichkeit mit dem Porträt in der Zeitung und mir. Nervös spielte ich mit meinen Fingern. Könnte dieser Bericht mein völliges Auffliegen sein? Meine Augen wurden gigantisch groß bei dem Gedanken. Konnte das passieren?

In den nächsten Stunden wuchs meine Angst und schließlich drückte das Gewicht so sehr auf meine Schultern, das ich für die nächsten drei Tage in meiner Kabine blieb. Am vierten Tag schließlich wurde der Zug auf einmal langsamer. Aufgeregtes Getrampel hallte aus den Gängen durch meine Tür, was dann doch meine Neugier anregte. Das musste der letzte Hafen sein, richtig? Ich schluckte schwer, strich mir über meine Kleider und trat nun endlich aus meiner Tür. „Kommt werte Dame." Ein Junge stürmte zusammen mit seiner Horde Spielgefährden an mir vorbei und packte spontan meinen Arm was mich mit sich riss. „Wir sind in Nordpass angekommen. Noch heute Abend werden wir auf der See sein!" Die kichernde Menge Kinder hielt endlich an einem mit Fenstern tapezierten Flur an. „Dort, schaut mal! Eine echte Stadt." Kreischte ein Mädchen mit braunen Zöpfen. Ich musste schmunzeln, was nach all den Tagen des Grübelns in meinen Gesichtsmuskeln ziepte. Anders als in Belden war hier auf den Flächen des Hafens die reine Hölle los. Wie ich es sonst auch aus meiner Stadt kannte, feierten die Leute das auf See stechen der Züge von P.A.N.I.C. Wie ein gigantisches Fest. Zwischen all den Passagieren tummelten sich Schaulustige, manche schwangen Fahnen und eine Blaskapelle spielte fröhliche Musik. Zu der Zeit ahnte ich aber nicht das zu den neuen Passagieren auch noch frische Ware und die neuste Ausgabe der Zeitung an Bord kommen sollte. Sonst wäre ich sicher in meiner Kabine geblieben.

6.

Der Hunger hielt mich schließlich davon in meine Kabine zurück zu kehren. In zwei Stunden zog der Lärm auf dem Hafen hinein in die Gänge des Zuges. „Williams und ich hatten schließlich doch beschlossen mitzufahren. Ich meine, wie wahrscheinlich ist es das der Zug derselben Reederei des Verschollenen genauso verschwinden würde?" Eine Dame fächerte sich Luft zu, während sie und ihr gigantischer Reifenrock wie der ihrer aufmerksamen Zuhörerin den Gepäckträgern das Leben schwer machte. „Wir wären sonst in Belden eingestiegen, aber die Fahrt hier nach Nordpass hat und eine ganze Wochen mehr gekostet!" Empört schnaubte sie und lauschte den Beschwichtigungen ihrer Freundin. Eine Hand umfasste meine Schulter was mich einen Satz zur Seite machen ließ. „Miss Matilda Maison! Schön sie wieder hier zu sehen." Isabel trat vor und schenkte mir ein leicht stichelndes Lächeln. „Also sind die Gerüchte nicht war das sie sich vom Zug gestürzt haben. Wundervoll!" Sie zerrte mich mit sanfter Gewalt weiter. „Was?" War das einzige, was ich herausbrachte. Wovon redete sie denn? Aber als sie mir Antwort gab, öffnete sich die Tür und aus dem Speisesaal drang ein noch lauterer Lärm als auf den Fluren. Es kostete uns ein ganzes Stück Zeit bis wir zusammen an demselben Tisch saßen, an dem ich sie kennengelernt hatte. Ich erkannte zu meiner Erleichterung auch die anderen Gesichter auf ihren alten Plätzen sitzen; die Geschwister mit dem ängstlichen Arzt in ihrer Mitte, das exotische Paar und schließlich auch der alte Mann - immer noch mit demselben verlorenem Blick. Eine ganze Truppe an Bediensteten kamen in den Raum und verteilten verschiedener Speisen, ein einzelner reichte jedem eine Tageszeitung. Dankend nahm ich ihm meine ab. Es konnte doch eigentlich nicht schlimmer kommen wie am Dienstag, oder? Mir schien als würde mir mein Blut in meinen Adern gefrieren als ich die Titelseite sah. Der Lärm um mich herum nahm ich nicht mehr wahr. Mein Gesicht starrte mir entgegen, dieses Mal aber nicht von dem Künstler Louis Lemercier. Eine Collage aus mehreren Zeichnungen und Porträt der verschiedensten Epochen zierten die Titelseite; mein Seitenprofil im Jugendstil, in einem spazierte ich neben einem Teich, ein anderes zeigte mich in dreiviertel Ansicht auf einem

Markt, den ich in Florenz des sechzehnten Jahrhunderts wiedererkannte. In meinem Kopf schien für ein Moment alles stillzuliegen, bis mich meine Gedanken überfluteten. „Mysteriöser Fall des unsterblichen Mädchens." War fett aufgedruckt worden. Mit bitterem Geschmack im Mund schlug ich den Bericht auf. Und letztendlich musste ich ihn nur überfliegen um zu bemerken, dass ich große Probleme hatte. In den letzten Tagen hatten eine Menge Leute der Redaktion geschrieben sie hätten Bilder als Erbstück von Generationen aus ihrer Familie erhalten oder einst mal erworben, und jedes Mal war ich darauf. Das ganze Land hatte Louis Lemerciers neustes Bild in der Zeitung gesehen und fragten sich schließlich wie all diese Künstler ein und dasselbe Mädchen malen konnten. War es Zufall, fragten sie sich. War es immer ein Mädchen aus derselben Familie? „Sie scheinen interessanter zu sein als ich geglaubt hatte." Flüsterte mir Isabel in mein Ohr, was mich vor Schreck meinen Kaffee umstoßen ließ.

Was abstrakter ist, kann der Gipfel der Realität sein.

-Picasso

7.

Ich spürte Blicke auf mir. Eine Menge! Diejenigen, die nicht neu waren und mich schon einmal gesehen hatten, erkannten sofort die unverkennliche Ähnlichkeit. Und spätestens nachdem die Neuankömmlinge ihre Zeitung gelesen hatten und die geballte Aufmerksamkeit der anderen in meine Richtung bemerkt hatten, erkannten auch die Ähnlichkeit. Meine Handinnenflächen begannen schwitzig zu werden. Nervös versuchte ich meine Emotionen zu verstecken und so zu tun als sei alles normal. Aber spätestens als ich einen weiteren Blick von meinem kaum angerührten Teller wage, schenkte mir drei Viertel des Raumes sein Starren. Ich biss mir die Zähne zusammen und sprang schließlich von meinem Stuhl auf, als mir der Druck zu groß wurde. Wo sollte ich hin? Blindlings stolperte ich einfach gerade aus. Stieß beinahe mit einem Bediensteten zusammen bis ich schließlich die andere Tür zu den vorderen Wagons erreichte. Ich hatte wage mitbekommen das in meinem Speisewagon die höheren Klassen der neunten, elften und zwölften aßen. Ab dort gab es nur noch zweier und Viererkabinen mit einem Speisewagon und schließlich ein Speisezimmer für Wagon zwei und drei, in denen Stockbetten in engen Abständen am meisten Menschen untergebracht werden konnten. Jeder Blick, der mich auf meiner Flucht durch die Gänge verfolgte, schien mir anklagend – misstrauisch. Mir wich mein Blut aus meinem Gesicht. Würde mein schlimmster Alptraum war werden, hier in diesem Auswanderungszug? „Du bist der Dorn im Auge der Geschichte" meinte Johnny auf dem Stück Pergament. Tränen schossen mir in meine Augen und erschwerten mir nur noch mehr meine Sicht. Was sollte das alles?! Zuerst diese Berichte und dann auch noch die Botschaften meines alten Freundes. Er musste bereits über sechzig Jahre alt sein, und dabei hatte er mich unter einem völlig anderen Namen und Identität gekannt. Schließlich konnte ich nicht durch die Weltgeschichte spazieren und immer meinen wirklichen Namen benutzen. Wieder stolperte ich. Fing mich an etwas – was mich kurz Triumph spüren ließ, jedoch drückte mein Gewicht die Türklinke herunter. Unsanft und unelegant fiel ich der Länge nach auf den Boden, maxhtemir nicht die Mühe ansehlich aufzustehen. Nur um in ein weiteres Meer an starrenden Augen zu schauen. Ich war wortwörtlich in den Großraumschlafsaal des Wagons eins gestolpert. Unangenehme stille nistete sich in der Luft ein. „Entschuldige." Mit einer Hand wischte ich mir die Spuren meiner Tränen weg. Ein Junge trat vor mich. Erst nach einem Augenblick erkannte ich ihn als einer der aufgeregten Kinderschar, die durch die Gänge gerannt waren. Hastige Schritte kamen auf uns zu, seine Mutter beäugte mich mit denselben eisblauen Augen wie ihr Sohn. „Sie!" Schrie sie auf einmal. „Sie sind die Frau aus der Zeitung. Die Frau, gestraft von der Hand Gottes mit ewigem Leben! Das kann nur ein Werk des Teufels sein!" Während sie mit dem Finger auf mich zeigend kreischte, trat ihr Mann neben sie, der mir sein hölzernes Kreuz entgegenstreckte. "Verschwindet aus unserem Abteil, verschwindet von diesem Zug. Ihr lenkt eure wohlverdiente Strafe auch auf uns, ihr Sündige!" Blind tastete ich nach dem Türgriff, fand ihn, schlüpfte ich hindurch und schlug die Tür hinter mir zu.

Eine Idee muss Wirklichkeit werden können, oder sie ist nur eine eitle Seifenblase.

-Berthold Auerbach

8.

Das Stechen in die See wurde gefeiert wie ein Fest. Im zwöften und letzten Wagon gab es den Glassaal. Auf Schiffen konnte man auf Deck frische Luft schnappen – In Zügen war das nicht möglich, so hatte die Reederei P.A.N.I.C den hinteren Teil des zwölften Wagons ganz aus Glas ausgekleidet. Ich hielt mich mich im Hintergrund während die Erwachsenen mit Champagnergläsern anstießen, tanzten und den aufgedrehten herumtollenden Kindern auswichen. Ein zweites Mal an diesem Tag stieß ich mit jemandem zusammen. Ich wich zurück und griff an meine Brust. „Entschuldigen Sie, das war nicht meine Absicht ..." Ich stoppte als ich wieder den alten Mann vor mir sah. Mit aufgeregter Mimik griff er nach meinem Arm, zerrte daran. „Was? Was wollen Sie von mir, werter her?" Er antwortete nicht, lag nur mehr Kraft in seine Bewegung und zog mich hinter sich her. Als er mir keine Antworten auf meine verdutzten Fragen gibt, versuche ich mich los zu reisen. Vergebens. Schneller als man ihm zumuten würde, schritt er vom Glassaal und dem Lärm hinweg. Sollte ich panisch sein? Würde man meine Hilferufe noch hören? In der Nähe meiner eigenen Kabine hielt er an – lies meinen Arm aber noch nicht los. In einer Bewegung steckte er seinen goldenen Schlüssel in die Tür vierhundert und siebenunddreißig. Öffnete sie und schob mich herein. „Was tun sie da? Was wollen Sie ..." Der alte Mann brauchte garnicht mehr erklärend auf den Schreibtelegrafen auf dem Tisch zeigen. Das Gerät spuckte laut ein langes Band Papier aus, das schon ein kleiner Haufen auf dem Boden gebildet hatte. „Was ist das?" Ich schloss alle offenen Fragen in diese drei Wörter ein. Er nahm eine eben gedruckte Stelle heraus. „Ich kann das Morsealpabeth nicht." Sofort wurde mir von meinem unruhigen Gegenüber ein Stück verknittertes Pergament in die Hand gedrückt. Er hatte darauf das Alpabeth als Gedankenstütze aufgeschrieben und ich konnte mitverfolgen wie er den Code geknackt hatte. „Das sind Koordinaten, richtig?" Er begann zu sprechen. So leise, dass ich mich näher vorbeugen musste. Seine Stimme klang so grauenvoll kratzig, irgendwie erstickend und so zittrig, dass ich Mühe und Not hatte nicht von ihm panisch wegzuspringen.

Jetzt verstand ich auch warum er nie sprach. „Ko…- koordi-na-ten." Er versuchte noch mehr heraus zu bringen, gab es zu meiner Erleichterung aber schnell auf. Mit aufgeregt zittriger Hand nahm er die Feder und schrieb es mir auf das Pergament auf. Ich las ihm über die Schulter blickend mit. `Ich empfange es seit einer halben Stunde. Immerzu nur diese Koordinaten. Nach Berechnungen müsste es …´ Er hielt kurz inne. Schaute nur zu mir auf, dann wieder schrie meinen b er mit der feder kratzend weiter. `die Atlantis sein´. Ich brauchte ein wenig bis die Worte in meinem Kopf ankamen. Und anders, als man vielleicht in einer Situation wie diese annehmen könnte, war mein Kopf leer von Gedanken.

„Ein Hilferuf." Sagte ich sachlicher und ruhiger als ich mir selbst zugetraut hätte.

Wer nicht an Wunder glaubt, ist kein Realist.

- David Ben-Gurion

9.

„Was ist das alles?" Der Kaptain des Zuges griff irritiert nach dem dünnen Band der Morsebodschaft. „Niemand Morst heutzutage noch. Und Sie sind sich sicher das es von der Atlantis stammen soll? Nach meinem Wissen besitzt keines der Züge der P.A.N.I.C. ein Schreibtelegrafen." Wirklich jeder war auf der Festlichkeit, so war es für mich ein leichtes nach vorn in die Lokomotive zu spazieren und den Kaptain zu suchen. Schließlich lockte ein „Es geht um Leben und Tod." ihn von seinem Führungstisch. „Aber kein anderer Zug oder Schiff überquert diesen Golf. Und von wem sonst als der Atlantis sollten diese Morsezeichen kommen!" Schmiss ich ein. Der überraschend junge Mann für seinen Posten legte überlegend den Kopf schief. Betrachtete die Karten auf dem Tisch. „Diese Berechnungen sind exakt. Sie könnten bei der Reederei anfangen." Er schmunzelte den alten Mann in der Ecke an, der sich die ganze Zeit in seiner Ecke drückte und so tat als wäre er nicht da. „Wir haben keine Zeit für Bewerbungsgespräche!" Aufgebracht schmiss ich meine Arme in die Luft. „Wir brauchen ein Trupp! Vielleicht können wir die Leute auf der Atlantis bergen..." „Meine Leute sind nicht ausgebildet dafür." Sein ruhiger Ton feuerte meine Panik und Wut an. „Und deswegen sollen tausende von Leute sterben? Weil ihre Leute fürs Bedienen bezahlt werden?" Einen Moment ist es still. „Sehen sie die Situation aus meiner Sicht, Miss Mason. Ich bin für all diese Personen verantwortlich." „Woher kennen sie meinen Namen …?" „Aber …" Fiel er mir in mein Wort. „Wir können nach Freiwilligen suchen. Und ich werde den Trupp anleiten." „Super! Bei meinen verfluchten Abendschuhen, ich werde mitkommen!"

Wäre die Situation nicht so ernst gewesen, hätte ich sicher gelacht das der Kaptain höchstpersönlich die Party in Wagon zwölf sprengte. Selbst die aufgedrehten Kinder standen ganz still bei ihren Eltern und lauschten den Worten des Kaptain. „Eben haben wir die Koordinaten des verschollen geglaubten Zuges Atlantis empfangen." Ein Raunen ging durch die vom Tanz aus der Puste gewesene Menge. „Der Zug wird für eine noch ungewisse Zeit halten um ein Trupp auszusannen. Wir alle hoffen auf Überlebende, die gerettet werden können." Man hörte aus der Menge das Gebet eines Priesters. „Gibt es mutige Freiwillige? Wir werden jede Hilfe brauchen!" In der kommenden Stille trat ich vor und stellte mich zu dem Kaptain, der mir zunickte. Einige Beschwerden schwangen mir entgegen; es könne doch keine des sensiblen Geschlechts mitkommen! Ich aber ignorierte es. Ich war älter als sie alle und wusste das die angeblich Gebrechlichkeit der Frau eine Erfindung der frühesten Jahrhunderte war. Zur Überraschung aller trat das exotische Paar aus dem Speisewagon vor. Sie beide hatten stählende Ausdrücke, als sie sich neben mich stellten. Ihre selbstgeschneiderten Ledertuniken glänzten im Licht. Jetzt nun gesellten sich noch zwei Männer zu uns die grummelten, sie wollen auf uns Frauen Acht geben. „Wir brechen in einer Stunde vor Wagon eins auf." War das letzte, was der Kapitän zu unserer Gesellschaft sagte bevor er verschwand und man ihn bis zum Vorhaben nicht mehr sah.

Ich bin nicht verrückt, meine Realität unterscheidet sich nur von Ihrer.

- Tim Burton

10.

„Das kann der Kapitän doch nicht verantworten! Es ist eisig kalt, und den Trupp auch noch mitten in der Nacht loszuschicken ist eine Frechheit für sich!" Um das kleine Ruderboot hatte sich eine Runde Schaulustiger gesammelt. Zu unseren vorhin frei gemeldeten saßen noch zwei grimmige Offiziere neben dem Kapitän. Langsam wurde das Boot auf das Meer herab gelassen - mitten hinein in den dicken Nebel. Umso weiter wir uns dem Zug entfernten, desto gespenstisch ruhig wurde es. „Und wo genau liegt der Zug?" Eine der beiden freiwilligen Männer hatte seine Arme vor seiner Brust verschränkt. „Die empfangenen Koordinaten sind etwa hundert Meter der Vineta entfernt." Der Kapitän legte seinen Blick auf mich, wobei ich mir den Kopf zerbrach was seine Mimik mir sagen solle. „Rechnen Sie mit allem. Wir haben keine Ahnung was uns erwarten wird." Und diese Worte schienen sich als wahr zu erweisen. Aus dem Nebel - schon wie aus dem Nichts schien es - tauchte ein undefinierbarer Umriss nur wenige Meter vor uns auf. Mir wurde innerlich ganz kalt. Nur wenige Meter weiter erkannte man die Lokomotive. Jemand schrie erschrocken auf; allein nur noch die Lokomotive war zu sehen, den ersten Wagon sah man bereits im Wasser verschwinden, der Rest des Zuges schien schon unter dem Meeresspiegel gesunken zu sein. „Heilige Modder Maria!" Fluchte ein Offizier auf breitem Plattdeutsch. Die Zeit schien bei diesem Anblick langsamer zu verlaufen. Eine Ewigkeit später erst legten wir vor der Lokomotive an. „Nochmal, niemand wird gezwungen mitzugehen." Damit öffnete der Kapitän die Tür und hielt sie so weit auf wie sein Arm in die Luft reichte. Nur die Hälfte des Trupps stieg in das schiefe Lockhäuschen ein. Als ich in den Raum hinein schlüpfte, überkam uns Dunkelheit die bis in die Knochen fuhr. Der Kapitän stieg zuletzt ein, die Laterne in der Hand die uns schon im Boot Licht gespendet hatte. Mit einem lauten Knall lies er die Tür los. „das ist kein Abenteuerausflug. Verlassen sie diesen Wagon nicht- niemand kann sie aus überfluteten Wagons retten." Hier klang seine Stimme tiefer, was mir einen Schauer über den Rücken fahren lies. Die Mutigsten liefen los, ich aber blieb im Schein des Lichts. Überprüfte die Wände auf mögliche Brandspuren- ein technisches Versagen was vielleicht der Grund des Untergangs der Atlanta sein könnte. Mit blassem Gesicht trat einer der Offiziere vor seinem Vorgesetzten. „Lesen Sie das!" Die kleine Truppe umringte den Kapitän, der die Laterne höher hielt um mehr sehen zu können - ich konnte dabei über seine Schulter mitlesen. „Was ist das?" Fragte die Frau des exotischen Paares, wobei ich Schwierigkeiten hatte Ihren Dialekt zu verstehen. Der Kapitän neben mir machte keine Anstalten die Neugierigen um mich aufzuklären, so fiel ihr Blick auf mich und ich räusperte mich. „Die Passagierliste der Atlantis. Die Tinte ist verwischt … Aber der Name des Kapitän könnte Raoul Rodberg sein." Der Kapitän schwankte neben mir. „Kapitän, warum steht Ihr Name auf der Liste der Atlantis?!" Der zweite Offizier schritt ein Meter von ihm zurück, als habe das all sein vertrauen in ihn verloren. Sein Name? Verwirrt schaute ich zu ihm und sah wie sich unsere Blicke kreuzten. Die Frau wurde durch all das Fassungslose Schweigen ungeduldig. Sie riss dem Kapitän die Liste aus der Hand und überflog es. „Ich kann noch ein Namen lesen. M … Ich denke es heißt Matilda Mason, ich kenne mich aber mit euren Namen nicht aus und kenne die Aussprache nicht."

Ein Optimist ist ein Mensch, der die Dinge nicht so tragisch nimmt, wie sie sind.

- Karl Valentin

11.

Mein Kopf war völlig leer. Wie paralysiert schien ich geistig gar nicht im Lockhäuschen der Atlantis zu stehen-nein. Meine Gedanken waren blank. Vor Schreck schrie ich schon fast als mich eine Hand berührte. „Was hat das zu bedeuten?!" Der Kapitän sah so elendig aus wie ich mich fühlte. „Sie hätten etwas sagen müssen, gleich an ihrem ersten Tag hier in meinem Zug! Was ist mit der Atlanta passiert?" Für einen Moment starrte ich ihn verständnislos an – mein Kopf brauchte kurz um zu verstehen was er glaubte. „Was? Ich war nie auf der Atlantis gewesen, die ganzen letzten Jahre war ich in Belden versauert!" Ich stach ihm wütend mit meinem Finger in seine Brust. „Und weshalb beschuldigen Sie mich?! Nach der Liste zu Urteilen war nicht nur ich ein angeblicher Passagier, sie waren der Kapitän, sie Gardinenprediger! Merken Sie nicht was für ein Schwachsinn das ist? Ich hätte ihnen die Morsezeichen nie zeigen sollen!" Damit wand ich mich ab, schob die Tür hoch, schlüpfte hindurch und kauerte in das Boot während ich die Fragen und Blicke der Anderen ignorierte. Es fraß an mir das gerade der Kapitän mir nicht glaubte. Die Fahrt zurück auf die in Licht gehüllte Vineta kam mir länger vor als meine gesamte Lebensspanne. Jeder war still, wobei jedoch das Schweigen lauter war als ein tatsächliches Gespräch.Irgendwie schaffte ich es aus dem Boot zu klettern und mich zu verkriechen bevor die Neugierigen aus Ihren wärmeren Verstecken als unter dem Vordach kamen und die anderen mit Fragen bombardierten. Ich konnte hören wie sie kein Wort über die Liste Sprachen, wobei mir ein Stein vom Herzen fiel. Noch mehr Gerede über mich konnte ich nicht aushalten, fürchtete ich. Wie als wäre ich ein nasser Sack der in die Scheune geworfen wurde, fiel ich auf mein Bett. Durch meine Tür konnte ich Getrappel hören - die Stimmen der Aufgeregten, die Schnell die Botschaft der Truppe verkündeten die auf dem Mysteriösen Geisterschiff waren. Vielleicht könnte ich einfach der restlichen Zeit der Fahrt hier bleiben … Heiße Tränen stiegen mir in die Augen und ich versuchte sie nicht einmal mehr zu unterdrücken. Die Geschehnisse der letzten Tage spukten noch in meinem Kopf bis ich schließlich mitsamt Schuhen und Kleidern einschlief. Ein gigantisch lautes wummern lies mich aufschrecken. Kein Licht des Morgens drang durch mein Fenster; weshalb bezweckt mich jemand zu wecken? Bis ich schließlich meinen Morgenrock anhatte und zur Tür lief, klopfte es noch vier Mal – jedes Mal noch energischer. „Ja, was ist den. Was wollen Sie ..." Ich unterbrach seine Fragerei schlagartig als ich die gewaltige Menge an Passagiere vor mir sehe. „Sie!" Die Mutter, die mich aus dem dritten Wagon geschmissen hatte, führte die Truppe an. „Sie stecken mit dem Teufel unter der Decke, ich habe sie durchschaut!" Ich verschluckte mich augenblicklich zwischen zwei Gähner. „Wie bitte? Was hat das alles zu bedeuten? Was tun sie alle hier um diese Uhrzeit vor meiner Kabine?" Niemand anderes antwortete, sie schauten mich nur mit hinter Wut versteckter Furcht entgegen. „Der Kapitän und Sie! Der Offizier hatte und alles erzählt. Sie beide waren auf der untergegangenen Atlantis – sie beide waren das! Sie haben das Blut tausender an ihren Händen!" Damit packten mich dutzende Hände und zerrten mich aus meiner Kabine, wobei jeder Versuch eines Protestes keinerlei Wirkung hatte.

12.

„Ist ja gut! Wie um alles in der Welt soll ich etwas mit eurem Teufel haben wenn ich nicht einmal christlich bin, du Elendswurm!" All meine Beleidigungen trafen auf taube Ohren. Der Mann, den ich als Gatte der verrückt gläubigen Frau in erinnerung hatte, zerrte mich tiefer in den Raum ohne Licht. Ich sah nichts, konnte etwas metallenes Hören und spürte dann etwas kaltes. „He! Haben sie mich eben an ein Rohr gekettet?!" Mein Schrei hallte wider, mein Kerkermeister aber schloss das Schloss an den Ketten und verschwand aus dem Raum. „Aufregen bringt nichts." Ich erschrak bei der Stimme. „Kapitän? Sind sie das?" Ein resigniertes schnauben kam zurück. Weiter riss ich an den Ketten, nichts aber bewegte sich. Dann gab ich auf. Meine Gedanken überschlugen sich, mein Kopf war voll und ich brauchte eine lange Weile um das Chaos in mir zu sortieren. Wie konnte sich in wenigen Tagen alles so sehr auf den Kopf stellen? Wie konnte ich mein Leben vor einer kurzen Weile noch als langweilig empfunden haben? Jetzt kam ich mit der Verarbeitung neuer Ereignisse gar nicht mehr hinterher! „Was ist dort oben passiert? Brach ich die Stille schließlich. „Warum sperren sie uns ein! Noch wichtiger, warum sperren sie Sie ein?" Der Kapitän seufzte. „Es gab eine Stunde nach unserer Rückkehr von der Atlanta eine Meuterei." Mit diesem Satz hatte er meine volle Aufmerksamkeit. „ Bitte? Warum?" „Na wegen dir." Ich zuckte zusammen und riss meinen Kopf in die andere Richtung aus der eine weitere Stimme kam. Eben riss Isabel dramatisch die Tür zu dem Raum auf in dem wir beide gefangen waren. „Diese Trottel hatten hier nicht einmal zugeschlossen. Als ob sie der Meinung währen niemand würde sich ihrer lächerlichen Aktion stellen." Sie verdrehte die Augen und hielt die Tür bevor. Meine Augen wurden groß als das exotische Paar und der alte Mann hinter ihr her in den Raum eilten. „Huhu, wir sind für eure Rettungsaktion hier." Trellerte Isabel. Tatsächlich hatte ich sie noch nie so gut gelaunt gesehen. Wieder brauchte ich einen Moment bis ich wieder meine Worte fand. „Wie…Könntet ihr mal inne halten und mir erklären was hier passiert?" Wieder verdrehte die Frau vor mir ihre Augen. „Ist das nicht so klar wie Kloßbrühe? Dieser Zeitungsartikel über dem neusten Bild von Louis Lemercier dem du auf jedes Haar gleich aussiehst, ein paar Tage später die Meldungen vieler gefundener Bilder einer Frau aus den verschiedensten Zeitepochen die aus mysteriösen Gründen wieder dir aus dem Gesicht geschnitten ähneln. Und letztendlich ein verschollener Zug dessen Koordinaten durch deine Hand aufgedeckt wurden, der keine Spuren von Leben in sich trägt und schließlich deinen Namen auf der Passagierliste unter der Führung dieses werten Kapitäns aufweist!" Sie wird mit jedem Satz immer lauter und energischer, wobei sie am Ende auf den Kapitän zeigt der sie missmutig anblitzt. „Ich hab damit nichts zu tun." Grummelt er, doch Isabel tut seine Aussage mit einer Handbewegung ab. „Gegen eurer beiden Gunsten haben wir hier eine ganze Gemeinde die ihre Nasen zu tief in ihre Bibeln gesteckt haben." Sie seufzte schwer. „Tut mir leid, aber offiziell seit ihr die Handlanger von ihrem Teufel persönlich und habt vor diesen Zug zu kentern." Kein einziges Mal verlor sie in ihrer Tonlage ihre gute Laune. „Aber keine Sorge. Wir haben schon vor gegen die Rebellion zu rebellieren!"

*Dann geht! Es gibt noch andere
Welten als diese.*

- Stephen King

13.

Ich rieb mir meine schmerzenden Handgelenke und stand auf. Meine Knie knacksten – zu lange saß ich in unbequemen Positionen. Der Kapitän tat es mir gleich und stellte sich neben mich. „Ich weiß nicht ob es eine gute Idee war ihr die Ketten zu überlassen." Die exotische Frau trat zu uns und beäugte Isabel wie sie unsere Fesseln vom Boden aufhob. Ihr Mann kicherte leise. „Und du hattest sorge das eine Fahrt mit einem europäischen Zug langweilig würde." Leises Klicken war auf einmal zu hören. „Was tun sie da?" Der alte Mann schaute nur kurz zu uns auf, dann wand er sich wieder seiner aufgeklappten Zeitung. „Denken Sie nicht dass das der falsche Zeitpunkt ist?!" Doch der angesprochene erwiderte nichts, wie immer. Wobei ich wusste das er sprechen konnte. Mir schauerte es bei der Erinnerung an seiner furchtbar geschädigten Stimme. Der Mann schrieb etwas auf seine Zeitung, tippte mit der Spitze seines Stiftes gegen seine Stirn und überlegte fieberhaft. „Das machen die Leute hier doch wenn sie ein kreuzworträtsel der Zeitung lösen, richtig?" Der exotische Mann suchte in unseren Blicken eine Bestätigung für seine Beobachtung der hier weilenden Sitten. Der Kapitän nickte nur in seiner Richtung, sagte aber nichts. Für ihn schien der Mann nur ein verrückter Kauz zu sein der kein Taktgefühl für angemessenes verhalten hatte. Doch auf einmal fing der alte Mann an zu sprechen, was Isabel zum kreischen brachte. „E..es... ist ...fa...st so...we..weit." Brach er heraus, wobei ein Fluch der exotischen Frau seinen Satz fast untergehen lies. Weiter drehte er und man konnte weitere klickende und rauschende Geräusche hören. „Ge..ht. Es... i...ist fa..st...sowei...t." Er brauchte eine kurze Verschnaufspause, wobei ihm Schweiß vor Anstrengung auf seiner Haut perlte. „Me...hr kann...ka...nn ich ..n..ich...t mach...en. G...eht!" Sein Versuch lauter zu reden als sein gewohntes Flüstern ging in einen plötzlichen Schrei unter. Ich presste mir aus reinem Instinkt meine Hände auf meine Ohren, wand mich vor Schmerz. Der Schrei schien nicht laut zu sein - aber er drang durch jeden von uns hindurch. In unsere Knochen bis über unser Fleisch und schien an allem zu reißen was er fand. Und so plötzlich wie er kam, verschwand er auch. Ruhe kehrte ein wie man sie sonst nur nachts auf einem Friedhof vorfand.

„Was war das?" Isabel war zu Boden gefallen. „D...er... A...an..." „Meinen Sie der Anfang?" Der Kapitän sprach überraschend ruhig und verzog seine Mimik als der Mann zustimmend nickte. Aus dem Augenwinkel konnte ich sehen wie die exotische Frau sich um sich selbst drehte. „Hört ihr das? Es ist vollkommen ruhig." Ein Schauer durchlief mich. Wo vorhin noch ein Geräuschpegel der Leute über uns war, herrschte nun völlige Stille. Ich bemerkte einen Schatten und drehte mich zu der immer noch offen stehenden Tür zu. Eine Frau lief an uns vorbei. Mir schien es den Hals zuzuschnüren und augenblicklich fühlte ich mich ertappt wie ein Kind das beim Klau von Süßigkeiten erwischt wird. Aber sie schien uns nicht zu bemerken, beachtete uns nicht und lief einfach weiter. Den Blick stur geradeaus. Isabel sprach, ich aber versuchte sie mit zischenden Geräuschen zu unterdrücken. Blicke der Anderen vielen auf mich, dann in die Richtung in die ich schaute. Zu unserer aller Überraschung schien die Frau im Gang nicht einmal dies zu bemerken - wie fremdgesteuert lief sie weiter.

*Wirklich reich ist, wer mehr
Träume in seiner Seele hat, als
die Realität zerstören kann.*

- Hans Kruppa

14.

„Was..." Isabel drückte all unsere Verwirrung aus. Ich trat hinaus auf den Gang und schaute der Frau hinterher, die schon ein ganzes Stückchen weiter gelaufen war. „Hallo? Entschuldigen Sie?" Rief ich ihr laut hinterher, wobei eine Hand auf meinem Mund das Ende meines Satzes unterdrückte. „Bist du Wahnsinnig?!" Isabel funkelte mich wütend an. „Du verrätst uns noch." Der Lärm von tausenden Füßen unterbrach uns. Mit bereits den schlimmsten Vorahnungen drehten wir uns allesamt langsam um. Jeder hier, der im Zug war, seien es Passagiere oder die Besatzung, kam auf uns zu. Das erschreckende war der starre Blick in ihren Gesichtern, der Gleichschritt wie es ihnen die Frau vor getan hatte, die nun am Ende des Ganges abbog. Mein Blut pochte bei dem Anblick laut in meinen Ohren. „Was passiert hier?" Der Akzent der exotischen Frau war im Gemisch mit ihrer Furcht vor dem was sich hier abspielte noch schwerer zu verstehen als vorhin. Der Kapitän griff einem Mann die Hand der eben an ihm vorbei lief ohne ihn überhaupt zu sehen.

„He! Was geschieht hier? Was tun sie?" Ohne eine Antwort lief der Mann weiter, wobei seine Hand aus der des Kapitäns rutschte. Schnell lief die schaurige Parade, und ohne uns abzusprechen liefen wir ihnen hinterher. Durch etliche Gänge folgten wir ihnen, wobei wir aus verschiedenen Richtungen Zuwachs an Frauen, Männern und Kinder bekamen - allesamt von einem fremden Willen kontrolliert und geknechtet. Wieder ein Schrei durchriss die Luft; dieses Mal aber das eines Kindes. Meine Augen wurden groß. Erneut formten sich schon die schlimmsten Befürchtungen in mir als ich begann los zu rennen. „Was tust du da?" Schrie noch jemand mir entgegen, mein Gefühl aber sagte mir das ich keinen Moment verschwenden sollte um zu antworten. Ich rannte und stoppte erst im letzten Wagon des Gläsernen Raumes. Kalte Luft drang durch die Reihen. Die gläsernen Wände waren zur rechten und linken eingeschlagen und Gischt spritzte mit jedem Wellenschlag in den Raum. Ich folgte dem Schrei, drückte mich durch die Mengen hindurch, jedoch als ich bereits das Kind sah das aus Todesangst schrie, erfasste mich das Grauen vor dem was ich da sah. All die Leute hier waren immer noch fremd gesteuert, immer noch das Gläserne in ihren Augen. Ich sah das

Kind – der Junge und an seiner Hand eisern die seiner Mutter, die Frau, die mich im dritten Wagon bedrängt hatte und schließlich auch dazu beigetragen hatte das ich in diesem Heizungsraum eingesperrt wurde. Meine Wut auf seine Mutter wollte zu aller erst das ich mich umdrehte und den beiden nicht half. Doch auch jetzt sah das Kind mich und etwas lag in ihm, was all meine Ärgernis wegwischte. Seine Mutter drang weiter vor, im Rhythmus der anderen. Meine Rufe hielten sie nicht auf, so folgte ich ihnen. Gelangte in die vordersten Reihen der Geisterparade. Und das war der Moment in dem alles Blut in mir wich, meine Augen groß wurden und ich entsetzt aufschrie. Im Gleichschritt liefen zwei Männer und vier Frauen nach vorn als ich begriff. Ohne einem Anzeichen von Angst sprangen sie über die zerbrochenen Scheiben direkt in die eiskalte See. Bereits unzählige Körper trieben wie eine Spur aus Körnern im Hühnerstall zu beiden Seiten an den Gleisen, die Gesichter blass und leblos.

Wir erfinden Schrecken, um uns der Realität zu stellen

- Stephen King

15.

All mein Geschrei und meine Versuche die Menschenmasse wieder zur Besinnung kommen zu lassen traf nur auf taube Ohren. Tränen der Verzweiflung liefen mir über die kalten Wangen. Die nächsten Personen traten vor und stürzten sich ohne Zögern in die See. Warum taten sie das? Was um alles auf der Welt passierte hier? Wieder schrie das Kind und ich riss meinen Blick von den Leichen in der See. Es stand in der nun zweiten Reihe mit seiner Mutter, dessen eiserner Griff um seine Hand ihn zwang mitzukommen - hinein in den eisigen Tod des Meeres. Ich hastete zu ihm, versuchte ihn mit Worten zu beruhigen die ich selbst nicht ganz verstand und riss an der Hand seiner Mutter. Nur ganz langsam löste sie sich, doch nun zog sie uns beide eine Reihe weiter als ihre Vordermenschen sprangen. „Matilda, wo bist du?"Schrie jemand. Ich schrie etwas unverständliches, legte meine ganze Kraft die Finger der Mutter zu lockern. Ich hörte wie weitere Körper in das Wasser fielen. Die Kontrolle, die sie zwang zu tun was sie wollte, ertränkte sie gerade und Wasser spritzte auf uns. Plötzlich stand der Kapitän auf meiner Seite. Zu meiner großen Freude verschwendete er keine Zeit sich das Geschehene erst anzusehen sondern riss mit mir an der Hand. Öffnete sie, packte das Kind an den Schultern und riss mich mit sich auf die Seite als die Mutter des Kindes über den Rand des Wagons sprang und man nur noch Wasser platschen hörte. Jemand schrie. Ob ich es war oder das Kind konnte ich in jenem Moment nicht sagen. Wie gelähmt lag ich auf dem harten Boden. Klammerte mich weiter an dem Arm des Kapitäns den ich im Fall gegriffen hatte. Kurz presste ich meine Augen so stark zu wie ich nur konnte."Wir müssen weg von hier." Wenn ich mir nur fest genug vorstellte dass all das nur ein Traum sei, vielleicht würde ich gleich aufwachen... Aufwachen in meiner Wohnung im tristen Belden. Ich könnte mich an meinen Schreibtisch setzen und diesen Traum hier aufschreiben. „Los, steh auf. Wir müssen weg von hier." Schon einmal hatte ich ein Traum von mir aufgeschrieben und veröffentlicht. Es war damals über zwei Jahre das meist gekaufte Buch in London gewesen... „Matilda!" Ich wurde hoch gerissen. Kam wackelig auf die Beine und schaute direkt in das Gesicht des Kapitäns. „Wir können nicht hier bleiben!" Schrie er mir entgegen. Der Wind war stärker geworden und schien alle anderen Geräusche in sich zu verschlucken. Das Kind klammerte sich an der anderen Hand des Kapitäns. Er weinte und schrie nach seiner Mutter, lief aber zu unserer erleichterung mit uns als wir einen Weg durch die Maße bahnten. Gern hätte ich nach ein Paar gegriffen. Hätte sie fest gehalten um sie von ihrem schaurigen Schicksaal zu bewahren. Aber meine Angst erneut mitgerissen zu werden war zu groß. Ich schaute die ganze Zeit auf dem Boden – konnte den Leuten nicht in ihre leeren Gesichter schauen. Im Gang des zwölften Wagons waren weniger Massen und der Kapitän drängte uns zu einem schnelleren Laufschritt in dem das Kind in seinem Schock und Trauer auch noch gut mitkam."Da seit ihr ja! Wo gehen all diese Leute hin?" Isabel stand plötzlich vor uns. Ich schaute sie nur an, war unfähig eine Antwort zu geben. „Sie springen." War das einzige was der Kapitän sagte. Und wahrscheinlich das erste Mal in ihrem Leben sagte Isabel darauf nichts.

Ein Traum, den sie alleine träumen, ist nur ein Trau, ein Tram, den sie gemeinsam träumen, eine Realität.

- John Lennon

16.

Wasser bedeckte den Boden und es gab keine Zweifel das die hinteren Wagons der Vineta bereits überflutet und jedes Leben mit sich gerissen hatte. Ich rechnete es jedem hier hoch an das er sein Bestes gab Ruhe zu bewahren. Wir saßen alle zusammengekauert auf den Schaltflächen und Pulten im Führerhäuschen der Lok. „Wir steuern direkt auf eine Nebelwand zu." Die exotische Frau saß vor dem einzig erreichbaren Fenster und tatsächlich erwiderten die anderen über das Belanglose Thema wie das Wetter. Ich aber beobachtete den alten Mann der mir gegenüber saß. Noch immer konzentrierte er sich auf seine Zeitung und tippte mit einem Kugelschreiber gegen sein Kinn. „Sie sprachen vorhin von einem Anfang. Was meinten Sie damit?" Er schaute nur kurz auf, dann aber legte er seinen Stift zur Seite und reichte mir seine Zeitung. Überrascht nahm ich sie entgegen. Wurde von dem, was ich dort sah, völlig eingenommen. Mann erkannte den Bericht vor ein Paar Tagen über mich, aber der alte Mann hatte mehrere anderer herausgerissene Artikel darauf geklebt. „Das sind alle Anzeigen über vermisste Züge und deren verschwundene Besatzung. Die Rungholt, Troja ..." „Die Ankor und Rethra!" Rief die exotische Frau. Verwirrt schaute ich zu ihr rüber. Ihr Blick galt immer noch dem Fenster, wie konnte sie dann wissen was ich eben vorlesen wollte? „Dort sind sie! All die Züge derselben Reederei wie die Vineta! " Aufgeregt drehte sie sich zu uns um. „Ich kann ihre Namen auf der Lok lesen!" Verwirrte Rufe hallten um uns und jeder watete durch das eiskalte Wasser in Kniehöhe zu dem Fenster. Auch ich wollte mich aufmachen, doch der alte Mann hielt mich zurück. Deutete auf die Zeitung und drängte mich weiter zu lesen. Meine Zähne fingen an zu klappern während ich die Zeitung erneut auseinander faltete. Wieder sah ich auf die Berichtsschnipsel der verschwundenen Züge. Bei genauerem Betrachten fand ich neben jedem Bericht eine kleine Liste übel zugerichtet und die aufgelisteten Wörter kaum lesbar. „Ich denke hier hab ich noch die Passagierenliste..." Mir stockte der Atem. Die Anderen mussten bemerkt haben das etwas nicht stimmte, denn allesamt drehten sich von dem Fenster um. „Was ist den?" Geschockt starrte ich Isabel direkt in ihr Gesicht. In jedem dieser Züge stehen allesamt unsere Namen.

Meiner und ihrer, Isabel Franklin. Noch dazu eine Zulma mit ihrem Mann Cirilo Davalos." „Das sind wir." Flüsterte der exotische Mann. „Und der Kapitän jedes dieser Züge war Raoul Rodberg." Schloss ich, was den Kapitän erschrocken aufkeuchen lies. „Wie kann ich all diese Züge gesteuert haben wenn ich davon nichts weis?" Versuchte er sich schon zu rechtfertigen. Stille legte sich über uns. Jeder schaute den anderen an, jeder dieselben Fragen auf seiner Zunge. Doch bevor sie losschiesen konnten, fügte ich noch etwas hinzu. „Wartet. Da ist noch etwas. Das Lösungswort des Kreuzworträtsels." Ich schaute den alten Mann an. „Realität? Weshalb verschweigen Sie uns solche wichtige Informationen wie die Berichte und Listen und lösen nur ihr dummes..." „Realität existiert nur in den Köpfen der Menschen. Wacht auf und erschafft eure eigene."„Realität existiert nur in den Köpfen der Menschen. Wacht auf und erschafft eure eigene." Isabel wurde bei all den Blicken auf ihr rot. Aus ihr schienen die Sätze wie aus dem Nichts geschossen zu sein. Doch der Kapitän rettete sie aus der Situation.

Das ist Literatur. Flucht vor der Wirklichkeit.

- Franz Kafka

17.

Doch der Kapitän rettete sie aus der Situation. „Ist das nicht ein Zitat aus `Das Begräbnis der Lügen´?" Sie nickte nur, die exotische Frau – Zulma, aber meldete sich. „Was haben eure Bücher mit unserem Dilema zu tun?" Dieses Mal war ich diejenige die Sprach. Und wahrscheinlich verstand niemand jemals den Grund weshalb ich leise und verhalten sprach. Schon als Isabel das Zitat sprach, schien etwas in mir zu erwachen. „In dem Buch geht es um eine kleine Gruppe Freunde die in einer wiederholenden Zeitschleife stecken. Sie können erst aus ihr aufbrechen als sie ihre eigene Realität erschaffen und aufwachen." Sie konnten nicht wissen das ich damals das Buch unter einem falschen Namen geschrieben hatte. Die anderen fingen an lauthals zu diskutieren, ich aber blieb still. Der alte Mann lief plötzlich auf mich zu. Hatte eine schwere Zeit sich durch das Wasser zu kämpfen das uns schon bis zur Brust reichte. Er strahlte vor Glück als er vor mir zum stehen blieb. „Ei...ge..ne...Re...Rea...lit..ät." Sprach er. Mit seinem Zeigefinger schnippte er gegen meine Stirn. „W...ach...auf." Und ich fiel augenblicklich bewegungslos ins Wasser. Ich fiel weiter, weiter als das Wasser im Wagon eigentlich an Höhe gewonnen hatte. Und kam mit einem lauten stöhnen auf etwas auf. Einen ganzen Moment brauchte ich, bis ich scharf sehen konnte und rappelte mich mit zitternden Armen und Beinen auf. Was ich sah nahm mir alle Luft aus meinen Lungen. Ich saß in einem runden Raum auf weichem Moos. Büsche, Sträucher und Farn wuchsen auf der ganzen Fläche und Bäume ragten nicht einmal zur Hälfte der Deckenhöhe hinauf. Ich keuchte auf als ich die Decke erblickte. Kreisrund waren weiße Kapseln an der Decke angebracht, allesamt in der Größe das ein Mensch rein passen könnte. Mein Herzschlag beschleunigte sich als ich durch Quadratische Fenster bekannte Gesichter in den Kapseln erkannte. Der Kapitän lag direkt über mir schlafend, immer wieder blinkte ein kleines Lämpchen direkt über seiner Brust. Ich drehte mich um mich selbst, wusste nicht recht was ich fühlen sollte als ich in jeder weiteren Kapsel ein anderes Gesicht erkannte. Isabel, das exotische Paar und der Junge den der Kapitän und ich davor gerettet hatten in der See zu ertrinken. Nur eine Kapsel stand weit offen und mehrere dünne Drahte und Kabel hingen herunter. Was ging hier vor sich? Wo um alles auf der Welt war ich hier? Ein Piepsen erweckte meine Aufmerksamkeit. Ich wand meinen Kopf in die Richtung aus dem es gekommen war und erkannte einen blinkenden Bildschirm am anderen Ende des Raumes. Ich lief darauf zu, gerade zur richtigen Zeit als darauf eine Nachricht aufbloppte: Mission: „Die Unsterbliche unter uns." Nummer: vierhundert und einundzwanzig. >>Hallo Matilda. Erinnerst du dich an meinen kleinen Bruder Theodor der sich in alles einzumischen pflegte? Der alte Mann; das war er. Willkommen zurück in der Realität. Mögest du für immer der Dorn im Auge der Realität sein.<< Mein Kopf brummte, aber bevor ich über etwas weiter nachdenken konnte, viel mein Blick auf das runde Fenster vor mir. Und der Anblick aus dem Raumschiff in die unendliche Weite des Weltraums gab mir den Rest.

IRIS BAUER

Iris Bauer wurde 2004 im Schwarzwald geboren. Schon als kleines Mädchen erfand sie Geschichten. Als sie dann die Welt der Filme und später, als sie der Schule lesen lernte, auch Bücher für sich entdeckte, schien sie für immer mit voller Leidenschaft im Bann der Fantasiegeschichten zu sein. Ihre absoluten Lieblingsgeschichten sind der Heer der Ringe und Harry Potter (Sie ist eine stolze Ravenclaw), obwohl sie der Meinung ist, dass es immer noch eine Menge guter Bücher zu entdecken gibt. Als weiteres Hobby häkelt und strickt Iris zusammen mit ihrer älteren Schwester Xenia für ihr Leben gern.

Loved this book?
Why not write your own at story.one?

Let's go!